KB260020

내 대답엔 마침표를 찍지 않으리

내 대답엔 마침표를 찍지 않으리

사빈 이은자 시집

책마루

시인의 말

나도 축하 받을 일이 생길까?
세상살이 슬플 때, 기쁠 때, 괴로움, 외로움
그리움 같은 것. 그 모두를 삭혀 내느라
그때마다 색깔별로 풍선을 불어
손아귀 가득 움켜쥐고 살아왔다.
이제 풀어 놓을 때가 된 것 같다.
부끄러워라.
내 손을 떠나는 순간
기쁨을 노래한 풍선은 더 높이 높이 날아오르고
꼬깃한 인생의 슬픔과 고독들은 물풍선으로
부메랑처럼 날아와 내 면상을 칠 것이니.
산다는 게 그리 녹녹치만은 않더라.
더군다나 품격 있는 삶을 지향하기엔.
이 세상 흑백을 명확히 가려 놓을 자 있으면
나와 보라고 하고 싶은…
내가 다 이루지 못했던 현실,
단 한 번도 맨 얼굴 그대로 나설 수 없었던
어쭙잖은 내 시정詩情의 세계.
때론 가면을 써야 할 때도 있고

외계인처럼 말해야 할 때도 많았다.
하지만 이젠 이 모두를 놓아 버리고
다시 제2막 1장의 페이지를 쓰고자 한다.
이렇게 까만 밤 한곳만을 밝힐
홍등 하나
조용히 살라 놓으며…

2013년 시월의 마지막 밤에.
사빈 이은자 절.

제1부

제2부

제3부

제4부

제5부

제1부

상사화

해와 달이
공존할 수 없듯이
너와 난
영원히
하나일 수 없나봐

밤새 뱉어 낸
안개빛 그리움
네 창가
찬 이슬로 머물다
너를 만날 순간이면
이렇게 매번
또르르 눈물처럼 구르니

민들레 사랑

발길 닿는 대로 마음이 움직이는 대로 걷는다
발길이 멈춰선 곳에 내 그림자 세워 두고 주위를 둘러 본다
어느날 꿈속에서 행보 했던 곳 같기도 하고
천년을 거슬러 내가 그 누구와 머물렀던 곳 같기도 하고
분명한 건 낯설지 않은 곳이란 것 밖에는…
이 궁금증을 누구에게 물어 풀까
무겁게 걸린 빗장만큼이나 내 가슴이 무겁다
돌 틈새 앉은뱅이로 피어 있는 민들레가
나만큼이나 외롭고 가여워 보여 한껏 보듬으려니
비스듬히 서서 지켜보던 내 그림자에게 먼저 앵긴다
가늘게 시름하던 봄의 여신이 내 감성에 수를 놓기 시작하자
파리하게 살아나는 지난날의 추억들

아하~
감탄사와 함께 피어오르는
오색무지개 빛 내 사랑의 테마
넝쿨장미처럼 그의 성을 미친 듯 기어오른다
굳게 닫힌 창틈 사이로
하얗게 새어 나오는 섬뜩한 한줄기 빛이
잠시 잊고 살았던 내 과거를 난도질 한다

이제껏 난
그대 성 밖을 지키던 난쟁이 꽃
그렇게 땅을 다져가며 빛바랜 그의 발자국을
누덕누덕 깁고 있었던 것
그대 창가에 이처럼 쪼그리고 앉아…

내 영혼을 취하소서

비록 내 몸은
당신 그늘을 벗어나 멀리 있지만
마음은 그대 몸에 딱풀입니다

아무리 아니라고 변명하고
쌍수를 들어 몸사래를 쳐봐도
제어할 수 없는 영역 밖의 내 영혼은
어느새 저만치 당신을 좇아 달려가고 있는 것을요

하루에도 몇번씩
밤과 낮을 뒤섞는 이 변덕도
영원히 끝나지 않을 내 사랑의 테마 엮기였던가요
그나마 다행인 것은
누가 시키지 않았어도 스스로 의식하지 않아도
여전히 당신을 끌어안고 해바라기 하고 있다는 것

아무것도 생각하지 않으렵니다
가식 없는 내 영혼의 몸짓에 그저 따르렵니다
그것이 정석이라 여기며
정말 내 영혼을 살찌우는 것이라 믿으렵니다

내 영혼 그렇게 맡겨 두고
하질 없는 이 몸은 방관자로 남겠습니다

내 영혼의 주인인 당신
당신 뜻대로 하옵소서…

눈물비

비가 내리면
입안에 갇혔던 아픔
가슴에 고였던 슬픔이
마음을 때려 울린다

빗소리에 공허한 리듬을 얹다 보니
뜬금없이 포차 천막을 때리는
빗소리가 생각나고 그리워지는 것은 또 뭘까
술은 한잔도 못하면서
술꾼들의 심경을 오롯이 읽고 있는 난
또 누구를 내 안에 끌어안고자 함인지

비바람이 분다
천근같은 몸 눕혀 놓았어도
마음 열어 두고 무릎 꺾어 세우면
날개 없는 영혼
곧 어디든 날아갈 기세인데
내 몸의 주인이 누구인지 모른 탓에
그저 빗소리 따라
입에서 나오는 대로 그 이름 읊을 밖에

지루한 장마가 곧 시작된다는데
울음의 끝은 어디 일지
우산을 받혀들어도 어깨는 젖고
우의를 걸쳐 입어도 비에 젖는 것은
썩지도 타지도 않을
몹쓸 이내 마음

이별 아닌 이별

손바닥도 마주쳐야 소리를 내고
사람인자(人) 기립도
기대서야 완성 되거늘
그대와 난
어찌
나눠진 젓가락 장단처럼
이리 애닯기만 할꼬

온 곳이 다르고
머무는 곳 다르나
갈 곳은 같다하지 않았던가

어찌하여
그네 발
내 발목에 부목 쳐 묶어두고
하루를 못 살까

선행한 자들
또한 침묵뿐이니
세상 모로 간다 한들 뉘 알아 채근 할까

등졌으니 떠남이요
앞섰으니 따름이로다

기약한들 뭘 하나
앞뒤 가릴 새 없이
시간은
날 기다려 주지 않고
그저
총알받이만 되라 하는데

봄바람

봄바람 미쳐 날뛰니
세상도 같이 뒤집혀 돌아간다
구석을 휘잡아 돌던 잡쓰레기들도
모로 서다 자빠지고
날아 오르다 주저앉았다

열렸다 닫혔다
밀고 밀리며 삐걱이던 철문도
제 이름값 못하고
삽작문 주저앉듯 널브러져 버렸으니
어느 하 세월
돌기둥 다시 세우고
그 안에 널 들일까

머리는 상투 틀어 올리고
옷자락 꼭꼭 여며 쪼였어도
헤실거리는 바람돌이

내가 미친 것이 아니라
네가 미친 거라며

뱅뱅이 쳐 대는데
어찌 손사래를 멈출 수 있었겠나

돌 테면 더 돌아 보라지
어차피 맨 정신으로는
바로 설 수 없는 세상
거꾸로 돌면 어떤가
핀만 올곧게 박혀 있다면
내가 그 축이 되면 되지

심전을 갈아엎으며

길섶 흐드러지게 피어 있는
맥문동 꽃대를 사진에 담아
전해주던 당신 생각이 새삼스러워
따라해 봅니다

어느새
그 파랗던 산야는
멍든 내 가슴처럼 노랗게 물들어
꼭지 저밀 준비에 바쁘고
오장이 녹아내린 듯
부종이 극에 달한 내 낯빛도
주체치 못할 열병으로
가을 단풍을 닮아 갑니다

나를 당신 안에서 내몰던
미친바람도
이젠 잠이 든 것도 같은데
아직 모르겠습니다
어떤 모습으로 또 내 뒤통수를 치고
껍질을 벗겨 놓으려 들지

내 눈물
찬 이슬로 그대 창가에
목 매기 전에
하얀 세상이
내 발길을 꽁꽁 묶어 놓기 전에
서둘러야겠어요

새 봄을 맞을 준비
아직 이르다 말하겠지만
조급함은 턱에 닿아 있습니다
주머니마다 채워진
씨앗 주머니를
당신 품안에 옮겨 담으려면…

낮달

당신이 머무는 지금의 그 자리가
내겐 범접 못할 금기의 땅
그러나 언젠가는
따뜻한 내 마음의 고향이
될 수 있으리라 믿고 싶습니다

한때 내가
당신으로 인해 흘린 웃음이
뻘판 가득
질펀히 남겨진 발자국들처럼 하질 없어도
그동안 내가 흘린 눈물이
은빛 물비늘로 하늘을 날지 못했어도
당신의 실체는
내 기억 속에 또렷합니다

비가 오면 바람이 울듯이
해맑은 날엔
당신의 머리 위
낮달로 슬피 우는
날

한번쯤 올려다 본적 있는지

제 살을
저며 내다 지치면
절절한 그리움으로
다시 채워 나가는

매크로바이오틱 사랑

진정한 사랑은
계산하지도
계산 되지도 않는다

진정한 사랑은
내가 널 닮아 갈 수는 있어도
네가 나이길 강요할 수는 없는 것

진정한 사랑은
언어로 문자로 표현되기 이전
완충된 감성이
먼저 몸을 춤추게 하는 것

진정한 사랑은
상대가 죽도록 미워도
별리란 없다
그저
하나 죽어
하나로 남겨질 뿐

몽사

따뜻한 숨결이 코끝에 머물면
포개진 입술 사이로
가느다란 음소淫訴가 살갗을 비집고
칭칭 감겨진 실핏줄에서도
은근한 파동이 인다

파릿한 추위가 빨갛게 덮이고
더듬이처럼 솟은 오감은
감은 눈 사이에서도
나신을 더듬고 있네

온몸이 꽈배기처럼 꼬일 쯤이면
미친 영혼도 하늘을 날고 있다

간간히 돌아온 이성이
홑이불을 젖히고
목을 조일 땐
갈대밭에 숨어 우는
바람의 소리를 흉내 내네

프로포즈

내 마음이 콩콩 뛰고 있어
후라이팬에 올려진 검은 콩처럼

투명하게 내 비춰질
속마음이 부끄러워
뱅뱅이 쳐 보지만
여지없이 톡톡
속살을 내 보이며 웃고 있네

내 안에 이미 숨어든
고소한 속삭임
어느 높이만큼
점프할 수 있을지 모르지만
한번 같은 높이로 도약해 보고도 싶어

내겐 천길 나락으로
추락할지도 모를 모험이지만
사랑 그 안에서
우리
튀밥처럼 하얗게 튕겨 오를 수 있다면
나 그대와의 춤을 멈추지 않겠어

너 그리우면

너를 생각하면
내 가슴에서 둥둥둥
북소리가 들린다
그 소리에 이끌려 좇다보면
암흑 속에서도
네 모습이 선명해

그림자 없는
실체를 뒤밟아 가다보면
여지없이
새벽 모서리에
찢겨 숨진 네 모습과도
만나게 되지

하늘이 다시 열리고
한 줄기 빛이
내 목을 조일 때
북채는 더 빠르게 춤을 춘다

내 목소리가 네 목에 감길 때까지
네 그림자가 나를 업고 달릴 때까지

내 하늘의 달

서녘에 해가 빠르게 넘어서지 못하고 머뭇거릴 때
어릴적 동무들과 불렀던 동동 노래를 부르며 재촉하곤 했었지
어서어서 산을 넘고 강을 건너 스러져 주길
해 그림자 갉아 먹으며 수줍게 떠오르는 얼굴
그의 모습 같아 좋았어
그래서 늘상 달은 내 편이라고 믿었지
흐린 날에는 지조 없이 흔들리는 갈대를 조소하면서

그런데 파릿한 달빛이
내 심장을 짓이기는 파수꾼이었을 줄이야
서로가 그리움을 녹여 낼 때
감출 수 없는 한숨이 꼬리를 물 때도
늘 중계자가 되어 주었던 달님
그러나 오늘은 우리들의 비밀을
낱낱이 발설이라도 하려는 듯 사뭇 도발적이다

오늘에서야 알았다
달님을 두고 소원을 빌어서도 고백을 해서도 안된다는 것을
제살을 깎아냈다가 채웠다 하는 그 짓을 사랑이라 믿었건만
다 변덕이더라

만월처럼 그의 사랑 가득 채워야만 잠을 청할 수 있었던 시간들
창 넘어 내 몸을 감고 도는 달빛이
꿈속에서도 그의 숨결인 양 감미롭더니 점점 미쳐 갔다

갈대에게 왜 매번 넌 그렇게 흔들리냐고 묻는다면
당연히 바람 때문이라고 하겠지?
바람은 갈대를 춤추게 하기 위해 노래를 멈출 수가 없었노라고

그러나 사람은 또 다른 향기가 있다는 것을 알기에
나비가 꽃을 핥고 벌이 꿀통에 머리를 쳐 박고 죽는 순간마저도
행복이라 여기며 시행착오를 되풀이 하는 것
그 황홀함 뒤 아픔 또한 만만치 않다는 것도
잘 알면서 멈춰 서지 못하는…
이를 사랑이라 믿기에
매번 흔들리면서도 어둠을 끌어안고 만월을 꿈꾸는…

굽은 인생

꼬이고 굽이진 내 인생 경로
대로에 펼쳐 놓고
한번도
벗 한 적 없는 행객
다급히 불러 내 행보 묻자 하니

그 자
알 길 만무 하건만
파란 하늘을 지척으로 짚어 주고
발 뼘 수를 헤아려
내 명줄까지 읽어낸다

도리질 하는 내 모습을
바라보던 그 자
끌끌 혀끝으로
내 발등에 독침을 꽂고
주독에 찌든 어혈을 훑어낸다

이제 그만
뒤돌아 볼 시간 넉넉하거든
곱자의 끝 돌려 감아 보라고

새알처럼 품고 싶은 사랑 하나

낙엽 구르는 소리 하나에도
의미를 부여하고 싶을 만큼
아름다운 사랑 하나
내 가슴에 품고 싶다

굳이
느낌표를 괄호 안에
가둬두지 않아도
그가 알 수 있도록
내 대답엔 마침표를 찍지 않으리

한 사람의 물음에 끄덕끄덕
긍정의 몸짓을 보일 수 있는
어유로움
난 그에게
그런 쉼표이고 싶다

도망자

늘 입안에 굴려보던 이름 석 자가
어느 순간 튀어나가
다른 이의 이름 서두를 장식하고 낯선 호칭으로 불려 질 때
그 땐
차라리 꿈이었으면 좋겠다고 생각 될 때가 있을 겁니다
그래서 난 도망자가 되기로 했습니다

내 것을 남에게 내어주고 홀가분하다 여겼다면
그건 알량한 적선도 사랑도 아닐 겁니다
남의 것을 빼앗아 내 것으로 취하고도 만족하지 못했다면
그 또한
집착이고 욕심일 겁니다

바보 같은 사랑
내어 주고도
빼앗아 안고도
상대의 아픈 마음을 먼저 다독이고 있을 너
그런 넌 진정한 천사
그대 기억 속 내 모습도 이랬으면 좋겠다고 생각합니다

당신이 포기 못하는 그 어떤 것
내가 감당해 낼 수 없어
내 안에 당신을 내어주려 합니다
생각만 해도 쏟아질 한여름 밤 소나기
이제 그만 해바라기 사랑을 멈출까 합니다

피 토할 아픔
생살을 찢는 고통이
어찌 이별의 아픔보다 더 할까마는
이제 새로 시작하는 연인들에게도
햇살 같은 웃음으로 말해 줄 수 있을 것 같습니다

사랑이란
시작도 끝도
죽을 만큼의 열병을 앓고 나야
비로소 완성되는 것이라고

물오리

종종종
오늘도
무작정 따라 나선다
끝이 어딘지도 모르면서

훨훨
그가
날개 짓을 하는 날엔
난
이 세상
하직 하는 날

비련

촛점 없는 눈에서
비라도 내리는 날엔
또 죽을 만큼
그가 그립다는 뜻이다

여며지지 않는
가슴 한 복판에서
까마귀 한 마리 날아오르면
그날은 또
그가
내게 죽는 날

사랑이란

사랑이란
온 종일 목매어도
기다림의 시간이 아깝지 않은 것

사랑이란
지난 시간을 곱씹어도
지루하지 않은 것

사랑이란
내 안에 살기에
그가 아무리 멀리 있어도
내 그림자 키를 넘지 못하는 것

사랑이란
아무리 우리고 우려내도
희석되지 않는 진국

사랑이란
늘 한 곳을 바라보는 것
그와 나
하나 되는 것

제2부

햇살의 유희

태산 골짜기
음혈을 찾아
수침을 꽂으니
산새들 놀라 자즈러지고
산하를 휘감던 섬광
철탑 피뢰침에 빨려 든다

바람
구름
햇살 한 가닥
숨 가쁘 구룬 자리엔
바스락 부서진
낙엽의 잔해들 뿐

그 아픔
황홀함
촘촘히 박힌
밤송이만큼이나
따갑고 아찔했을 터

당신

큰 아픔 없이
살아온 내 인생에
나란히 평행선을 그어 준 당신

때론 엇박자 장단에
막춤 출 때도 있었으나
그래도 그대 곁이어서 행복했던 시간들
내 이름 석 자 앞에 대명사처럼 붙은 누구누구의 누구
길 흉몽 같은 인생사
그대 방패 안에서 안유했던 시간들이었기에
내 삶이 윤택했습니다
당신이 내 진정한 동무였기에
외롭지 않았으며 두렵지 않았습니다

사랑합니다
내 생의 끝자락까지 동행해 줄
당신이 내 안에 있어
이 세상 그 누구도 부럽지 않습니다
석양을 등지고
여명만을 동경했던

파랗던 젊음은 이제 점점 시들어가지만
그래도 그대와 함께 꿈꿨던
내일이
아직 창창 하기에
오늘도 그 밑그림의 한 부분을
열심히 색칠합니다
서녘을 온통 물들일
석양의 황홀함처럼

어긋난 인연

태산이 무너져도
그 아래 내가 있고
강물이 범람해도
그 밖 풍경엔
내가 존재하니
이러지도 저러지도 못하는
그네 심정을 왜 내 모르리오

꽃이 피면
우리 사랑의 표본이려니
쪽달 뜨면
해바라기하다 지쳐버린
내 님의 얼굴이려니

그렇게 공상으로 매 시간
도둑맞다 보면
서러운 건 내 청춘
그러니
당신의 하루만 서글프다 탓하지 마오

두 다리는 건재하나
맘껏 도약할 수 없고
목소리 아직 낭랑하나
그대 소리쳐 부를 수도 없으매
눈물로 굽어진 인생길

그래도
그런 그대를 그리워할 수 있어
그런 그대의 허상
밤마다 끌어다 안을 수 있어
그나마 다행이라 생각하며 위안 삼으렵니다

그대 당신으로 인해
행복하다 그리 말하렵니다

내게 시란

불로 사는 한 남자가 있다
살기 위해
쉼 없는 담금질을
감내해 내야 하는 한 여자
그 여자의 사랑은
그렇게
한편의 시처럼 시작 되었다

가시처럼 박힌
그 남자의 존재를
더 깊이 끌어안으면 안을수록
더한 고통이 될 거 잘 알면서
희열처럼 즐기는 바보 같은 여자

싸늘하게 식어버린 불씨의 티끌처럼
이룰 수 없었던 사랑의 말로
그들 원귀의 설음마냥
소속 없는 사랑에 목을 맬 때가
어찌 오늘 하루뿐이었겠나
그런 날에는 차라리

맞불이라도 질러 버리고 싶은 충동에
각시방에 불을 당겨오는 가련한 여인

끝내는
허상의 잔재
후후 불어 내고
빨갛게 달아 오른 불씨 한 톨
다시 감싸 안고 싶어 안달한다
화형당하는 한 마리 불나방처럼

내 허락 없인 안 돼

태워도 태워도
소멸되지 않을 열꽃 하나
그대 안에 지펴졌다 해도
행여
따져 묻거나
원망하지도 말기를

결국 그 아픔은
우리가 나눠 질
같은 몫의 형벌일 테니

내 영육(靈肉)으로 포장된
그대의 일부
그 누구의 것이라
고집하지도 말며
포기는 더 더욱

내 안에 피가
파랗게 식는 날까지로 해두지
그때까진

아파도
울어서도
떠나서도
죽어서도 안 돼
내 허락 없이는
절대로

겨울바다

파도가 부서지는 바위섬
인적 없는 바닷가 ♬♪

예전 그 자리에서
지난 시간들을 끄당겨 업고
모래밭을 뒹군다

고물처럼 묻어나는
지난 추억들이
은빛 비늘로
바다 포말을 빗금 칠 때
바보는
파고보다 더 높은 장벽을 쌓고
모래톱 가득
하트를 그려 놓는다

그리고
그 안에
한 남자의 이름과
곧 울어 버릴 것 같은
여자의 마음을 가둬 둔다

바보 같은 사랑

아무리 밀쳐내도
들러붙는 자석처럼
아무리 잘라내도
다시 자라나는
도마뱀의 꼬리처럼
죽을 힘을 다해 발버둥 쳐도
시작점과 끝점이 늘 같은
바보 같은 내 사랑

흰 것을 검다고 타박하는 나와
검은 것을 희다고 고집하는 그여

그는 아는가
흰 여백 위에
점점이 가라앉은 둘의 마음이
그림처럼 조화로울 때
비로소
평화가 온다는 것을

언제나 깨닫게 될지
저 바보는

비가 내리면

비가 내리면
어느
포장마차 구석진 자리에
홀로 술잔을 기울이는
한 남자의 초상을 그려 본다

취객들의 주사에
싫어도 신소리를 섞어야 하는
주모의 너스레도
한 공간을 뒤흔드는 알전구의 춤도
어찌 보면 하나의 언어이리라

한 남자
제 그림자를 비스듬히 앉혀 놓고
빈 잔을 끌어다 넘치도록 따라 놓는다
독백인지 주정인지
알아들을 수 없는 낱말의 조합들

똑똑
뒷돌 쪼는 낙수 소리를

노크로 알고
한 걸음에 달려 나가보지만
여지없이 무너지는 아성

이처럼
비가 내리는 날엔
첨작에 첨찬을 더한
술잔에도
그리움은 차고 넘친다

떠나고 싶다

때론 아무 생각 없이
떠나고 싶다
나비처럼
새처럼 훨훨

내 발길 닿는 대로
내 마음 머무는 대로

그러다 지치면
그늘이 되어 줄
한 사람을
내 앞에 불러 세우면 되리라

언제든 달려와
노근한 심신을 품어 줄
단 한 사람
그런 사람 있어
긴 여정 길
지루하지도 두렵지도 않으리

설사
내 생의 마지막 날을
맞게 된다 해도
슬프다 말하진 않으리라
내 마음
무덤 밖에서도 헤아려 줄
그런 사람 내게도 있으니
행복했다
행복하다 말할 수 있으리

숨길 수 없는 그리움

이젠 지칠 만도 하련만
또 눈물바람이다
내 대신 울어 주기라도 하려는지
창가에 빗금 쳐진 영역만큼이나
그리움도 배가 된다

어제 밤 그려 놓은
한 구절의 낙서
한 음절의 멜로디
애써 지우려 노력하지 않아도
씻겨 흔적 없는 내 사랑의 테마
굳이 다시 그려 놓지 않아도
거울에 비친
한 여인의 쓸쓸함에서
처량한 비 소리의 음률에서
내면의 소리를 듣는다

어설픈 색소폰 연주자의
애끓는 호소력만큼이나 진하게
내 옷깃을 헤집는

무례한 바람만큼이나 경망스럽게
난 그 무엇인가를 갈망하고 꿈꾼다

이 비가 그치면
그땐
주저 않고 달려가리라 다짐해 보며
댓돌 위
헝클어진 구두 한 켤레
가지런히 제자리 가려 놓는다

난 당신의 유츠프라카치아*

단 한번
당신의 눈길로
닫힌 세상을 열고
무한한 당신의 손길로
이 세상 모두를
가슴 가득
안을 수 있었습니다

난 당신의 유츠프라카치아
언제나 당신의 한마디 말에
꽃잎을 접고
꽃술을 여는 가련한 여인

오늘도
타는 목마름으로
한 가닥 햇살을 끌어안고
꿈을 꿉니다
달콤한 입맞춤으로
긴 잠을 깨고
아침을 맞는…

*아프리카 밀림 깊은 곳에서 공기 중 소량의 물과 햇빛만으로 살아가는 음지 식물의 하나로 결벽증이 강한 식물로 알려져 있지만 아주 고독한 식물이 아닌가 싶다. 누군가 건드리면 점점 시들어 죽어가지만 그러나 처음 만진 사람이 계속해서 애정을 가지고 만져야만 살아 갈 수 있다고 하는 식물.

되돌릴 수 없는 시간

시계 바늘이 멈춰 섰다
정지된 시간의 숫자에 마법이 걸린다
혹시는 역시를 부르고
역시는 멈춰 선 시간을 풀어 놓는
열쇠가 되리니
누가 그 열쇠를 먼저 찾게 될지 모르지만
난 패닉상태

난 너무 많은 것을 알아 버린 것 같다
그래서 쉽게 인정할 수밖에 없는
현실의 참 모습들
이젠 더 이상
쫓길 곳도
숨을 곳도
남아 있지 않은데

점점
순수를 잃어가는 내 감성에
여백 없이
자신도 질릴 만큼의

먹물을 붓고 있다

그렇게 채운 후에야
토해 내는 방법도
터득하게 되는 이 아이러니

왜 순간 잊었었나
시계는 절대
거꾸로 돌 수 없다는 사실을

끝이 아닌 게야

오늘도 날은 밝았다
그저 살아 있으니
남들과 똑같은 하루를 맞았을 뿐
삶의 이유 같은 것은 상실한 지 오래다
누가 뭐라고 한 마디만 하면
바로 폭발해 버릴 것 같은
갇힌 야성
비 내리는 한복판이어도
여간해서는 젖지 않을 메마른 성토

그만큼 겪어 냈으면
이제 만성이 되었을 만도 한데
내 안은 날마다 초상집 같다
사랑했던 댓가는
어쩜 그리도 혹독한지
누구는 나 하나쯤 털어버려도
아무런 감흥 없이
하루를 잘도 살아 내는 것 같은데
이 못난 인생은
왜 이리도 찌질 하기만 한 건지

이 악물면 뭘 하나
날 밝으면 또 그 마음 허물고
시답지 않은 사랑 탑을
다시 쌓고 싶어 안달일 텐데

늙지 않는 청춘
어찌 할거나
이 몸 묻으면 잠들까
사르면 소멸 될까

선택의 기로

극과 극을 꿈꾸다
딜레마에 빠진 자아

길이 보여도
선뜻 나설 수 없고
가다 길이 막혀도
돌아설 여지조차 없을 상황
화살표가 지워진
이정표 끌어안고
어둠을 기다릴 뿐이다

모험은 금물
오른발이 먼저 끌려갈지
왼발이 앞설지는
사방을 경계 짓는
별자리를 당겨 봐야
판가름 날 터

허나
쪽달도 내 편일 수 없는 흐린 날엔
어느 가지에 목을 매야 할꼬

사랑은

퍼내도 퍼내도
바닥이 보이지 않는

태워도 태워도
소멸되지 않는

우리고 우려내도
찌꺼기로 남지 않는
그것이 사랑이랜다

그 죽일 놈의 사랑은

숨 막히는 그리움이
나를 죽이고
너를 죽여야
비로소
완성되는 것이라니

무관심

세상이 뒤집어 지는 일이 생겨도
그냥 모른 채 눈 감아 버리고
세상이 거꾸로 돌아도
그저 그냥
따져 묻지 말고 따라 돌아보렴

오늘이 지나면
그 지겹고 힘겨웠던 시간도
과거란 이름으로
구원 될 테니

오늘 당장
뭐든 끝장을 내려 하지도 말거라
설사 오늘이
네 생의 마지막일지라도
사과나무를 베어 내선 안 될 일

배꼽 병이 곪아가도
햇살 한 줌 인색하고
가지 끝

주리 틀듯 꼬여도
물고 틀 줄 모르는 게
세상사 아니던가

감나무 밑에 입 벌리고 누운들
그 누가 뭐라 할 텐가
세상은
다
제 입맛대로 살아가는 것을

시간의 멈춤

내가 네 이름을 불렀을 때
넌 대답하지 않았다

내가 널 찾아 갔을 때도
넌 날 모른다 했었다

즉시
난 네 이름을 지우려 했지
그것이 너에 대한
복수라 생각 했으니

하지만
깨고 나서야 알았다
현실의 벽은
뛰어 넘고자 노력하는 자에게만
열린다는 사실을

바늘귀만큼이어도 좋다
내 맘
통째로 밀어 넣을 힘

채워지면
주저치 않으리라

내 가슴에
봉긋한 꽃 무덤
다시 얹을 수만 있다면
지웠던 네 이름
열 번이고 다시 고쳐 적겠다

그대 내게로 와

오늘 난
그대의 모습을
내 앵글 안에 끌어다 넣고
꽁꽁 가둬 두었습니다
아무리 몸부림쳐도
결코
그대를 다른 이에게
내어 주지는 않을 겁니다

곱게 물든 가을 단풍이
아무리 곱기로
어디 그대와 내가 나눈
사랑만 하겠습니까

새는
제 이름을 부르며 운다지요
저는 매일
당신의 이름을 부르며 웁니다
그대 내게로 와
내 이름을 불러 줄
그날까지

기다림

어제의 하루가
오늘을 채우는데 초석이 되었듯
또 오늘을 밀어 낼
나의 하루는
언제까지 허락 될지

기다림의 시간들이
목까지 차올라
숨이 멎게 된다 해도
다 토해 놓지는 못하리
스스로 질러 놓은 빗장만
풀었다 채웠다를 반복할 뿐

내일이라고
뭐 뾰족한 수 있겠는가
그가 내게로 와
이 고리를 벗겨 주기 전에는…

비와 외로움

약속된 공간도 아닌데
이곳에 끌려 왔다

찻잔 가득
소로로 감긴 헤이즐럿 향에
구분 짓기 힘든
구수한 담배향이 가미 된다

후각까지 미쳐버린
비오는 날 오후
커피 향을
담배 향으로 구워내는 절박함이야
물어 뭣 하리

실수라고 해 두자
옷깃에 그의 향만 적셔 두는 거다
리플 따윈 필요 없어
어차피 내친걸음
날궂이 한번
제대로 해 보는 것도 나쁘지는 않겠지

달려 보는 거야
되돌아 올 시간일랑
미리 계산해 두지도 말자
이 비가 그치면
얼룩은 남아도
옷깃은
뽀송이 말라 있을 테니

당신의 여자는

언제나 뽀송한 봄날이
내게 다시 올지

언제 다시 당신의 정원에
한 포기
유츠프라카치아로 피어날지

그대 손길이 멈춰 선
지루한 오후

올올이 꽃술을 헤집는
애벌레의 장난에
마냥
헤픈 웃음 흘려야할 삶이라면
나 차라리
마른번개에 목을 맬 테요

제3부

이것이 사랑이다

3부 ● 79

오물오물
네 생각을 씹다가
뱉어 낸 토혈
고통이었지

내 안에
실답失畓을 가둬 두고
하루를 재우니
상사화로 피더라

반백에 일백을 더 곱해도

마파람에 밀려
바위 등에 업힌 지도 어언 반백
집채만한 파도와
매일 키 재기를 하면서도
만선의 꿈을 접지 못했던

별똥별만큼 애절함이야
늘 상
눈물 밥 말아 어둠에 묻고
새날이 밝으면 또 어김없이
미친 듯 모래톱을 헤집던 사람

반백에 다시 일백을 곱한다 해도
첫 만남 그날의 감동
그 설레임을 어찌 잊을까

삶이 아무리 고통스러워도
방금
갯벌을 훑고 지나간 짝게 발자국을
무작정 따라 나서선 아니 되리

아무리 외로워도
내 영혼의 집을
그 아닌
다른 이에게 내어 주어서도 아니 되리
백년에 내 생의 절반을 다시 곱한다 해도

지난 시간 속으로

늘 함께 듣던 잔잔한 음악이
오늘은
혼자인 나의 마음을
헤집어 놓는다

간밤
잠 못 이루며 흘려 놓았을
한 사람의 어지러운 심사가
지금은 가사에 섞여
줄줄이 나팔꽃 넝쿨처럼
내 맘을 감고 돈다

나른한 오후 시간
창밖 먼 곳을 훑는 나의 시선에
작은 떡밥을 얹고
지난 시간을 낚는다
팽팽히 당겨진 시위에는
고물이 잔뜩 묻어 딸려 온다

팔도를 돌아

다시 제자리에 안착해도
거꾸로 헤엄을 반복할
무료한 나의 일상

그도 지치면
제 그림자 안에
한 사람의 환영을 눕히고
그 그늘 하얗게 밝힐
웃음을 팔게 되겠지

자물통의 전설

포개 포개 엮어진 인연
어느 기둥에 몸 기대고
세월의 고리를 풀까

겁 없고
철없었던 초년시절
그땐 그랬지
가볍게 사랑을 맹세하고
영원을 약속할 수 있었던…
보랏빛 우정이
핑크빛 사랑에 덮여가도
아주 당연한 수순처럼

어디쯤이라고 어림할 수도 없었지
눈까지 감고
아주 멀리 쇠때를 던져 버렸었으니

정말 몰랐었네
나란히 적힌 이름
한 핀에 묶인 순간부터

이렇듯 파란 녹물을 게워내며
살아가게 될 줄은

그대는
아직도 모르겠는가
내 침묵의 열쇠는
바로 당신이란 사실을

연못

엉글은 문구 하나가
퐁 퐁 퐁
내 안에
물수제비를 뜨다 가라앉는다

작은 출렁임에도
큰 멀미를 앓는 나란 걸
잘 알면서
잡아 주지 않으면
다시 일어설 수도 없는 게
나란 걸
그댄 잘 알면서

속으로 속으로
구겨 넣어야만 하는 자존
다시 곧게 세울 수 없는 허상
무엇을 원망해야 하나
지나는 바람
내 안에 박힌 짱돌

아니리

그건 아마도
내 스스로
너무 깊게 파 버린
연못을 탓해야 하리라

매듭

처음에는 그랬다
나에게 끝은
헤일 수 없을 만큼
아주 긴 여정일 거라고

내 의식을 동강 낼
끝단이 두려워
의식적으로
늘 감추며 살지는 않았는지
집착의 꼬리를
시작점에 잇대 놓고
사랑이라 고집하진 않았었는지

그 대답은
고스란히 거울 속에 담겨 있었다
낯선 여자의 끄덕임
부정도 긍정도 아닌
어설픈 미소

이제

남은 시간은
매듭을 풀어
시작점을 다시 찾는 일
아무렴
온길 보다 멀라구?

시안視眼

내 안(眼)에
온 세상 다 담을 수 없어
마음의 눈을 빌리다

시간을 거슬러
공유했던 자투리 시간까지
다 집어 삼킨다

끝없는 되새김질에
노근해진 추억의 잔해들
맥없이 엎어진 영혼 앞에
다시 출렁인다

별빛을 감고 도는
달큰한 이끌림에
허공을 끌어안다 또 마주친 시선 하나
언제 추락하게 될 줄도 모르면서
겁 없이
내 연줄에 꼬리를 묶는다

늘 도려내고 다독여야 하는
그리움, 연민
그 아픔을 잘 알면서도
여전히 음지에서
해바라기를 꿈꾸는 자
그 앞에
내 어찌
두 눈
매정히 가려 둘 수 있을까

기다림의 어순

오늘은 특별한 날
백인의 축송
만인의 축복이
내 처진 입가에
주름을 말아 놓지는 못했다

선홍색 꽃물로
토해 놓을 열정
아직
내안 가득 하거늘

그대는 지금
내 안을 탈출해
먼지처럼 자유롭던가

틈새 소리에도
반짝 일어났다 엎어지기를
반복했던 내 육감
결국 기다림은
제 그림자 키를 넘지 못하고

출구 밖으로 기어 나왔다

허나
빗장이 질러진 곳은
내 가슴 한 복판

내 사랑

해질녘 먼 산 그림자에 포근히 안기면
그 안에 잠들었던 영혼
고이 개켜 두었던 추억의 일기장을 다시 헤집는다
운명처럼 내 안에 젖어든 한 사람
그를 불러들이면
제1막 1장으로 끝날 단막극임에도
지루하지 않고 언제나 새로웠다
혼신을 다해 내 사랑 총총 쏘아 올리면
눈물 먹은 별꽃
밤새 비가 되어 내렸으니까

고막이 터져라 불러 세우지 않아도
늘 내 안에 살고 있었음에
간혹 말이 안 되는 죄목에도
면죄부를 부여해야 했던 아이러니
그런 사랑을 지켜내기 위해
하루에도 몇 번씩 피 토할 형벌을
감내해 내야했던 것도 사랑이란 이름

섭생의 원리가 아무리 혹독하다 한들

사랑만큼 처절할까
사랑만큼 절실할까
사랑이란 이름만큼 고귀할까
우리의 사랑만큼
아름답다 말할 수 있을까

별을 품고 싶었어

어제를 지운 자리에
그의 그림자
한 자락 깔고 누워
자박자박 꿈길 열어보지만
좌표 잃은 몽환자
꿈도 꾸기 전
해몽에 더 바쁘다

가슴에 두 손 얹고 잠들면
그리운 이 볼 수 있다는데
하늘에 별 숫자만큼
그 이름 헤이다 잠들면
꿈이 이루어진다는데

별 하나 나 하나가
온 하늘을 뒤덮고
깨알 같은 별들 이름을
다 주워 삼켜도
그 밤은 날 잠재우지 않았다

어지럽다
어설피 주워 삼킨
별자리들이 뒤엉켜 버렸나
눈만 뜨면
마른하늘 번개처럼 번쩍이니

그리움

오늘처럼 비가 오는 날이면
그대의 환영幻影
내 곁에
바싹 끌어다 앉혀 봅니다

아직도 그대의 입김이
묻어 날 것만 같은 찻잔에
쪼로록 찻물을 떨구면
다정한 당신의 음성까지
가득 담기는 듯합니다

나직이 속삭이던 한마디
빗속에 섞여 희미할 제
되묻던 나를
책망하던 당신의 옛 모습도
이런 날엔 미치도록 그립습니다

참을 수 없을 만큼 그리운 이 있어
한 잔 술로 잠재우고
한 가치의 담배로

생각의 꼬리마저 다 태워내야 하는 힘겨움
이젠 정말 힘겹노라고 푸념했던 한 사람
그 사람이 내 첫 사랑이었습니다

살랑이는 봄바람의 유혹에
더는 감춰둘 수 없는 불씨
이젠 당겨
꽃바람 부는 날
다 태워 내야 할까 봅니다
그동안 쌓였던
연정의 뭉치들까지

사랑합니다

사랑합니다
가슴이 다 녹아내리도록
내 살점 다 저며 내도
아깝지 않을 만큼
당신을 사랑합니다

내 몸에
붉은 빛 다 거둬
당신의 영혼 담가 두렵니다
내 눈물 모다 부어
당신의 이름 적셔 두렵니다

어느날 봇물처럼 넘쳐
천 갈래 길 트이면
그냥 두 눈 감고 따라 나서렵니다

그대 신발 끈에 묶인
천년 인고의 세월도
그대가 풀어 내지 못한
악연의 매듭들도

내가 다 풀어 놓겠습니다

다시 천년을
귀와 입
닫고 살아야 한다 해도
당신을 탓하거나 원망하지 않겠습니다
긴 터덕임이 지루할지라도

만월滿月의 꿈

박꽃처럼 순수한
사랑이었다 말하기엔
너무 아팠던 시간들
한 사람의 그늘 안에서
조각난 가슴
늘 짜깁기하며 살아야 했던

매양
만월滿月로 차 오르길 바랐던
반백의 세월
남몰래
달 한 귀퉁이
야금야금 베어 물면
여지없이 역류했던
쓴물의 기억들

이젠
순백에 번진 얼룩처럼
선명해진 내 사랑
소박한 웃음이
박속처럼 눈부시다

능소화

사랑보다 붉은 꽃이
또 어디 있으랴
제 살을 녹여
까만 밤을 하얗게 태웠던
어느 궁녀의 애환처럼

단 한번의 총애로
해바라기 해야 했던 청춘

그림자조차 범접 못 할
구중궁궐 담벼락을
눈으로 눈으로만 기어오르다
새들하게 말라 죽은 자리
화향을 독으로 품고
넝쿨 꽃으로 피었다네

태양을 품지 못한 한
전설로 이어지다

그 꽃을 탐하는 자
모두 눈멀게 하였으니

비오는 날엔

오늘처럼
비가 오는 날이면
가슴속 깊은 곳에 작은 못을 판다

철철 넘치는 그리움
퍼내다 퍼내다
쓰러질 즈음엔
그냥 물고를 트고 만다

어느 곳을 향해 흐를 줄
이미 알기에
애써
물길을 만들어 놓지도 않는다

이 비가 그치면
남은 열정 모두 태워 바싹 졸이게 되리라
작은 연못
바닥이 보일 때까지

그 땐
무지개빛 꿈을 이루는 날

토막잠

어둠에 잠시 끌려간
내 영혼
코끝이 간지러워
뾰족이 입을 내밀어 본다
훅 딸려 오는 숨결에 놀라
후다닥 잠이 깬다

내 나신에
돌돌 말린 그림자가
마치 그였던 것처럼 나른했다
머리끝까지 이불깃으로 덮어 봐도
불경한 환영은 지워지지 않고
더 선명한 그림으로 펼쳐져 갔다

토막 난 꿈이
못내 아쉬웠던지
차창의 그림자 모두 걷어내고
어둠으로 덮어 버렸다

다시 이어 봤자 꿈인 것을
그림자만도 못한 허상인 것을

제4부

솟대

언제나 그 자리를 지키고 있었을 뿐인데
언제나 한 곳만을 바라보고 있었을 뿐인데

바람이
팽이 돌아 울려 놓으면

구름은
내 슬픔
숨어 숨어 녹여 내고

햇님은
내 모든 것
살뜰히 품어 준다

허나
지나는 길손은?

허허
돌팔매만 안 던져도
천만다행 아닌가

워낭소리

동녘을 모로 베고 누워
선잠 자던 앉은뱅이
이제사 워낭소리 멈춰 섰네
정녕 몰랐었다네
그토록
농부가의 후렴구가 긴 줄은

이젠 북녘에 머리 두고
길게 누웠건만
내 마른 눈에
마냥 눈물 고일 슬픔은

죽어서 벗어던진 내 멍에
그대가 대신 걸머지고
함께 일구던 논밭두렁
딸랑딸랑
워낭 소리에 채이고 질척일 때
난 예서 어찌해야 할지

그토록 내 환생이

그대 모습 아니길 빌었건만
어이 할꼬

아마 그대도
전생이 소(牛)였었나 보오

중독

세상을
단번에 녹여낼 듯한 쾌감이 있다기에
주저 없이
독주를 내 안에 붓는다

혀끝에 녹아드는 알싸함이
달큰한 사랑처럼 입안에 고일 때
난 애주가처럼 말했다
유행어를 따라 읊듯
"인생사 뭐 있어?"

그 유행어 속에 감춰진
진정성을 뒤적이려
또 한잔을 첨작해 보았지만
세상은 거꾸로 돌고
쌓였던 오만은 배 밖으로 기어 나와
낮술한 홀태 자식처럼
제 아비에게도 맞장을 뜰 기세다

쓴맛 뒤에 감춰진

단맛의 의미를 알아가기란
턱없이 부족하기만 한 자신
참으로 큰 희생을 요하는 세상사

눈금의 무게만큼
몸 안을 채워야
잠이 든다는 그런 사람
그 사람의 의식이 동강날까봐
밤새 뜬 눈으로 지켜내야 했던

끝내는 애주가愛酒歌로 화답하지 못하고
배꼽 밑까지 흘러내린
쓰린 기억까지 다 토해 내고야
자리를 뜰 수 밖에 없었딘
참사랑의 비애

그대들도 아는지
그 사랑
그 아픔을

나목

그 자리
늘 그 자리를 지키고 있을 뿐인데
바람은 날 그냥 두지 않는다
팔 다리 다 내어 줬어도
용서되지 않는 삶이라니
이젠 뿌리 채 잡고 흔드네

햇살 한 조각 꼬임에
웃음을 팔고
실바람과 놀아나다
파란 청춘 다 토해 내고
알몸으로 신열하는 꼴이라니

잎새 한 장
편히 덥고 누울
여력조차 없는 절구함이여
이젠
나신으로
어둠을 기어야 하는
포기 못할 모지락스런 미련

흰 눈발 소복이 쌓이면
한 자락 덮고 누워
다시
파란 하늘
맘껏 품어 안을 꿈
꿀 수 있을까?

가평 사랑채에서…

산 첩첩
물 철철
가평 화악산계곡 사랑채
날다람쥐 재주에
깔깔깔
아이들의 웃음이 산을 넘고
참매미 소리는 태산을 흔든다

기와지붕 겨드랑이 한편
포망에 걸려
사투를 벌이는 고추잠자리
처마 밑 풍경처럼 요동치지만
바람은 정작
어추魚趣를 움켜쥐고 도리질

인간사 다 같겠지만
하루만이라도 이리하면 어떨까?
버거운 나이테
이곳 사랑채 행랑에 걸어 두고

찌든 때
저 계곡물에 헹궈 내는 거다
먹물 같은 인생
쪽빛 하늘처럼 말갛게…

유골

쾽한 눈이 후손들을 올려다본다
오랜 침묵을 깨고 무언가 말할 것 같은
성글은 치순齒順은
증손, 고손
그 윗대들의 역사를 듬성듬성 읽게 했다

내 X선 필름을 펼쳐 놓은 듯한 수치심에
눈을 감고 쓸어안아 보았지만
오소소 부서진 갈비뼈 사이론
뜨거운 사랑 더는 안을 수 없었던지
한 줌 흙으로
한지 위에 다시 눕는데

어~ 내 입이 열리기 시작했다
나도 모르게 터져 나오는 사설

향 한가치 살라 놓았기에
여기에 불려 왔도다
뜨고 지는 햇살에 녹여 낸 오장인데
어찌 다시 피돌기가 가당키나 하겠는가

허나
내 모습 판박이가 그대 아니던가
뜻대로 헤아리게나
봉분을 쓸고 지나는 바람 한 점이
억새 울음을 닮아가도 개의치 말거라

훗날 너도
이곳에 옮겨 누워
더는 싹틔울 수 없는 추억을 덮고
자손들이 쏟아 놓는
눈물비 맞으며
영원을 살게 될 테니

일출

칠흑 같은 어둠을 뚫고
공처럼 튕겨 오른 불기둥
해묵은 고목에 꽃을 피우고
피맥을 돌렸다

암울한 현실의 벽을 허물지 못하고
갇혀만 살던 혼불
오늘은 살풀이 없이도
스스로 기어 나와 맨 땅을 뒹군다

새로운 생명을
잉태시켜 보지 못한 자는
말하지도 말라
새 살을 찢는 아픔 또한
아는 척도 마라

더불어 사는 세상
그대들로 인해
둘이란 숫자의 의미
알게 된 것에 감사하고

행여 어느 한 순간
내 그림자
그대들 광영을 막아섰던 날 있었다면
그도 용서하라

나 이제
그대들과 섞여 살고 싶네
구름처럼
바람처럼
먼지처럼

어머니

작은 소반 위에
정갈하게 올려진 막사발

그 때는 내 어미가
어떤 바램으로 높이를 졸였을까
뭉글어진 손바닥
한없이 부벼 대며
내 얼굴, 내 이름에
얼마나 많은 동그라미를 그렸을까

그런 난
지금 누굴 위해
저 안에 파문을 잠재우려 하는가
한 모금도 안 될 정안수
그 안에 모든 시름 담가 보려니
차고 넘치는데

읊어도 읊어도 하늘에 닿지 않을 마음
지워도 지워도 소멸되지 않을 업보
두 손바닥 안에서

가루가 되도록 빌고 또 빌어도
한마디 법구경 구절만
파문처럼 맴돈다

"버리고 비우고 다 내려놓으라는"
허나 그게 그리 쉽던가
혼을 사르고 생살을 찢어야
비로소 불릴 수 있는 이름이
어머니인 것을
연기처럼 훨훨 춤출 수 있을 때
그 땐
허물처럼 가벼워 지려나

해맞이

자신도 싸 안지 못할
새 가슴으로
무엇을 품고자
예와 가부좌를 틀었는고

모래알 같은 인연들
조족鳥足처럼 총총해도
같은 그림은 없더라

신화 속 영웅이라도
잉태 하려는가
훅~
불기둥에 빨려든다

동왕을 접신하는
사제의 요령搖鈴소리
지축이 기울만큼 요란했으니
내달이면
내 배도
불러 오지 않을까?

미련

한번 가닥 난 날실에
수십번 매듭을 지어 엮어 낸
씨실의 낡음이
어디 그리 곱기만 하겠는가
안을 뒤집어 겉으로 쓰자니
매듭이 거슬리고
그래도 겉이 이름값을 하겠지 싶어
모난 마음의 덮개로 쓰려니
마음까지 넝마주이가 된
이 개운치 않은 느낌

한 뼘도 안 될 이 오지랖
누굴 위해
어디까지 펼쳐 놓아야 힐지
화는 끝없이 속살을 헤집는데
단추하나 풀어 놓지 못하는 이 절박함
차라리 발가벗고
눈과 귀를 막아 버릴까

적벽강

황금 들녘을 촘촘히 누비는
늙지 않은 여린 감성은
길섶 코스모스의
소박한 웃음에 끌려
발걸음 늦추고
비로소 고향에 눕는다

금강 줄기에 감긴 적벽강
산이 좋아
내 눈 높이에 두었고
물이 좋아 내 안에 가둔다

MP3에서 흘러나오는 노랫말이
마음 한 구석을 후벼대도
오늘 만큼은
아프지 않았던 하루

향기 없는 들꽃의 시샘만큼이나
하루해가 짧게 느껴졌고
흠뻑 젖은 땀 냄새만큼
너의 흐름이 애잔하고 정겨웠다

빨래봉사

타인의 때를 벗겨
마음의 거울로 삼고저
인겁으로 얼룩진 영혼
말끔히 헹궈
뽀얗게 표백해 넌다
느슨해진 내 연(緣)줄에

펄럭이는 깃발처럼
그대들의 영혼
내 작은 노고로 자유로울 수만 있다면
손수건 한 장
흠뻑 적실만큼의
사랑으로 스밀 수만 있다면
무엇을 더 주저히리

이 한 몸
흙탕물에 멱을 감아도
행복하다 여기리
파란 하늘이 어둠을 먹어도
다
내 탓이라 여기며

넘을 수 없는 강

세월이 약이라고만 하지 말아요
아직 지워지지 않았는걸요
절대 지울 수 없는 것을요
어떻게 잊으라 하십니까

내 뜰 안에 핀
대국 향이
날 취하게 한다 해도
절대 당신의 체취와
섞어 놓지는 않으렵니다

지금 당신은
어느 하늘
어느 별에서
날 굽어보고 계신지
나
앉은뱅이 꽃이라도 되어
이 세상 샅샅이 깁고 싶습니다
당신의 눈빛이 머물렀을 곳이라면
그 어디라도

그러다 따라 잠들면
그땐
가여워만 말고
당신의 허허로운 웃음으로
날 깨워 주소서
그리고 품어 주소서
달빛 품에 안긴 달맞이꽃처럼

마지막 체취

당신의 타액으로 얼룩진 마지막 담배꽁초 하나에서
당신이 머물다간 시간을 읽고
그 시간을 거꾸로 헤이며 절규합니다

깊은 곳을 훑고 역류했을 상념의 뿌리는
채 뽑히지도 않은 채
재떨이 안에 곤두 박혀 있는데
아버지의 빈 공간을 메우다 사라지는 통곡 소리는
다시 질책으로 돌아와 내 가슴 깊이 박힙니다

주머니 속마다 남겨진 라이터
그 속에 갇힌 까스처럼
분출구를 찾지 못해 출렁였을 내 아버지의 한
지금은
이 못난 자식의 가슴 속에서 요동칩니다

홀연히 초연草煙 따라 떠나셨을 영혼
혹여 불문의 강 다시 넘어설 수 있을까
목마른 간절함에
궐련 한 개비 불 붙여 영전에 놓아 봅니다

정녕 그 강
다시 넘어 설 수 없다면
꿈결이어도 좋으니
제발 미처 남기지 못하신 한 말씀
한줄 글귀라도
제 가슴속 깊이 심어 주소서

아버지 생전
쑥스러워 흘리지 못했던 한 마디
이제사 바보처럼 웅얼거려 봅니다
사랑합니다
사랑합니다 아버지!
극락왕생 하소서

눈물짓게 하는 당신

어제는 내 하늘 가득
별을 그려 넣고
당신을 기다렸습니다

당신이 쉽게 날 찾아 올 수 있도록
침상 머리에
촛불 밝혀 두고
창문 열어 두는 것도
잊지 않았습니다

키 작은 촛불이
밤 새 내 그리움 다 녹여 내도록
검은 밤을 다 주워 먹은 별똥별
바닥에 즐비하게 누워도
끝내 오지 않을 당신이란 것
잘 알면서도

까만 밤이
하얗게 열리는
그 밤을 지켜 내고서야

난 비로소 알게 되었습니다
이미 당신의 별은
저 건너
은하수 밭에 뿌려진
내 눈물과 같다는 것을

더 분명한 건
어둠이 다시 나를 안을 수 있을 때
당신도
내게 다시 올 수 있다는 것을

아버지의 49재

아버지!
다시는 메아리지지 않을 이름이여
삼키고 다시 토해 놓을 수도 없을 이름이여
오늘은 목이 쉬도록 불러 보렵니다
마지막 가시는 길
수 없이 뒤돌아보게 만들고 싶습니다

하얀 삼베옷에 고깔모 쓰신
당신의 마지막 모습
아직도 눈앞에 선연하건만
극락왕생하시라고
남은 유품 불살라 긴 연기길 열어 둡니다
가벼운 발걸음 옮기시라고
하얀 고무신 곱게 닦아 길섶에 놓습니다

이 찢어지는 아픔을
무엇으로 얽어 놓으라고
이 더운날 눈물짓게 하시는지
닫힌 귀 열어 구성진 스님의 불경소리 들으소서
행여 천상길 잃으실까 천도제를 올리나이다

편히 가소서
남은 자손들 이제 지우소서

얼기설기 어설픈 거미줄 같은 삶일지라도
당신이 평소 쌓으신 덕행으로
구멍 난 곳 열심히 메우며 살겠나이다
씨실 날실
시작점만 잃지 말라시던
평소 아버지의 가르침대로
열심히 엮으며 살겠습니다
천상에선 부디 천수를 누리소서
편히 잠드소서

극락왕생 하소서

보고 싶습니다
그립습니다

빈 그릇
늘 가득 채워 주시던
당신의 사랑
그땐 그게
당연한 줄로만 알았습니다

이제야 빈 그릇 끌어안고
돌이킬 수 없는 통한에
뼈저리도록 뉘우칩니다

굽이진 모퉁이 눈으로 따라 돌며
늘 안스러워 하시던 말씀
지금 이 순간도
가슴 한 켠 살아남아
뒤 꼭지를 당깁니다

"애야 조심해 가거라."

이젠 그 한마디 되돌립니다
가벼운 걸음으로 떠나소서
편히 잠드세요
극락왕생 하소서

이정표 없는 길

내 안
갈가리 찢고 있는
무정한 님이시여
지금은
당신의 유품 속
한 장의 사진
한 구절의 낙서까지도
내 마음을 무한히 후빕니다

이승의 향기
가슴에 담을 수 없다하여
너무 서러워 마소
이미 당신의 향기
내 안에 내재하노니

새로이 열릴 당신의 환생길
동행할 수 없는 서러움이
가슴 끝을 밀치지만
이정표 없는 길
행여 두려워는 마소서

생전 갈고 닦은 당신의 덕행이
환한 등불이 될 터

다 풀어 놓지 못했던
가슴 속 한(恨)일랑은
내 생전
당신을 옳게 지키지 못한
죄 값으로 대신할 테니
이젠 사랑했던 이들 곁에
편히 잠드소서

그립다

아무리 기억 속에 접어 두려 해도
그 한 단어만 떠 올리면
깊은 늪 속으로 빨려 들어가는 느낌
꿈속에서는 왜 그리도 더 애절하고 절실한지
점점이 멀어져 가는 한 사람의 허상
잡히지 않는 대상을 좇다
자신의 흐느낌으로 잠을 깨면
기억 저편
숨겨진 시간들이 미치도록 그립다

빠른 시간은 간간이 쉼표를 찍고
날 기억 속에서 몰아내지만
내 삶 속에
이미 뿌리박힌 아버지와의 닮은꼴은
나 이전
타인이 먼저 그를 읽어낼 만큼
그림자처럼 내 안에 존재한다

가슴이 저며 올 만큼 그리울 때가 있다
어느 가수의 애절한 노래가사가

뼈 속 깊이 후비고
불효자의 눈물을 짜낼 때
그땐 나도 모르게
두 손이 모아진다
"단 한번만" 이라 읊조리며…

그대가 보고파서

그대가 보고파서
마음에 불을 지펴 봅니다
그대 숨결이 그리워 옆자리 돌아보지만
익숙했던 당신의 체취는 어디가고
이젠 영정을 지키는 한 가치의 향이 대신 합니다

그대가 보고파서
마주 섰습니다
웃고 있는 사진 속 당신 모습은
울고 있는 날 향해 바보라 꾸짖지만…
그래요 정말 당신을 까맣게 잊고 살 수 있는
바보라도 되었으면 좋겠습니다

그대가 보고파서
깨끗이 비워진 당신의 서랍장을 열어 봅니다
둘의 꿈이 봉해져 있었고
아름다운 미래가 숨겨져 있었던 곳

그대가 보고파서
맞은편 당신 자리에

예전처럼 수저도 가지런히 놓아 봅니다
당신이 늘 날 향해 옮겨 놓던
생선 한 토막까지
지금의 난
당신 쪽에 옮겨 놓으며 눈물짓습니다
모든 것 다 제자리건만
유독 당신의 자리만 비워져 공허합니다

햇살 고운 날 홀연히 떠나신 님이시어!
눈부신 햇살 외면하고
나 앞으로 어떻게 그 웃음 참아 내라고
당신이 뿌려 놓고 간 알곡
어찌 거두어 내 속에 쟁이라고
날다림쥐 한 쌍처럼 부지런히도 살았선만
이젠 혼자 남겨 졌으니
나눠 놓은 당신의 몫
이 알밤 반쪽은
어느 입에 넣어야 할지요

지워진 자리

집안 곳곳에 불 밝히고 대문 활짝 열어 두었다
위패를 모시고 아우의 축문이 낭독된다
잘 찾아 오셨을까?

예전 아버지의 자리는 아들이 대신하니
지금은 잘 차려진 젯상 상석에 앉아 음복을 하시리라
제례를 받드는 아들 모습이
이젠 제법 듬직하다 여기실까?
당신 없이도 잘 행하는 후손들의 모습이
다소 맘에 안 들어도
지금은 허허 웃음으로 일관하시겠지

평소 좋아하시는 음식을 당겨 놓고
젯상 상단에 가지런히 앉아 계실
아버지의 모습을 떠 올리며
혼자 말을 지껄이며 잔을 올린다
일년 전엔
이렇게 술잔에 눈물로 첨잔하게 될 줄
어찌 짐작이나 했었겠나

흙에서 나 흙으로의 귀환이
자연의 섭리라고는 하지만
내 부모에겐
먼 훗날 이야기일 줄만 알았는데
첫 제주를 올리고 귀퉁이에 기대앉아
슬피 우시는 어머니의 모습이
한 없이 작아 보이고 가여워 보여 미칠 것만 같다

顯考學生府君 神位
내 손으로 축문을 쓰면서
한 획 한 획에 힘을 모다 실었고
아버지를 향한 사랑 짙게 굵게 그려 나갔지

顯考妃昌寧曺氏 神位
이 한줄 보태질 그날이
아직 멀기를
간절히 빌어 본다

도려 낼 수도 없는 상처

아파도 아프다 말할 수 없고
쓰려도 다독여
쓰다듬을 수도 없는 상흔
이젠 돌이킬 수 없는
죄인의 몸

먼산 자락에 걸쳐진
구름 한 점처럼
바위 구렁 속에 갇힌
외로운 소나무 한 그루처럼
그렇게 평생을
비바람 맞으며
혹독하게 살게 된다 해도
동정 받지 못할 삶이 될 텐데

씻을 수도 없고
되 뇌일 수도 없는 죄목
가슴 속 퍼렇게 멍들도록
깊은 마음으로 사죄 하리
가여운 한 생을 위해

금강경 한 구절을
입 안에 외워 담고
귀 안에 평생을 가둬 두리

너를 시인이라 부르는 건
－이은자 시인론

소설가 박희주

널 보면 무한의 하늘을 향해 서있는 그 어느 초목보다 푸르고 싱싱하고 멋들어진 히말라야시다 같은 느낌이다. 까칠한 불행이 끼어들 여지가 없이 질감이 좋은 행복을 누리고 있을 것만 같은. 쳐다보는 이의 마음도 덩달아 행복해지는.

모든 것이 부풀대로 부풀어 그래서 숨이 막히는 수도권을 비켜나 가정이든지 직장이든지 맡겨진 일을 야무지게 해치우고 독서와 여행과 녹차와 음악과 그리고 시와 함께 여유를 숨가쁘게(?) 즐기는 너.

'금빛 은빛 무늬든/ 하늘의 수놓은 융단이/ 밤과 낮의 어스름의/ 푸르고 침침하고 검은 융단이 내게 있다면/ 그대의 발밑에 깔아드리련만/ 내 가난하여 오직 꿈만 지녔기에/ 그대 발밑에 내 꿈 깔았으니/ 사뿐히 걸으소서, 내 꿈 밟고 가시는 이여' 라고 소월의 진달래꽃보다 먼저 꿈을 밟고 가라고 했던 예이츠의 「하늘의 융단」까지 간직한 듯한 너.

사는 것처럼 사는, 모두가 부러워할 만한 삶 아니겠는가. 시인들의 남루와 처절함이 전혀 있을 것 같지 않은 삶. 시에

대한 선택의 폭에서 본다면 시를 쓰는 것보다는 오히려 시를 그냥 즐기는 게 어울리는 쪽에 서야할 너. 그런 너의 시. 으레 시인의 노래는 찬가보다는 비가라는 관념에 기울어진 내게 너의 시라니? 시의 비경을 훔쳐보려 얼쩡거리다 한계를 절감하여 소설의 바다에서 빠져죽지 않으려 개헤엄이나 치고 있는 주제이니 당황할 수밖에. 그러나 슬그머니 눈을 떠 바라보니 가까이 있을 땐 보이지 않던 비경의 윤곽이라니! 그 윤곽만으로도 그리움의 융단인 줄 알겠다. 어찌 그리움에 마침표를 찍을 수 있으랴.

아직 노랗게 물들기보다 푸른 이파리가 더 많은 은행나무가 온몸으로 비를 맞아 오스스 떠는 풍경을 바라보는 북카페 '라온제나'에 때마침 펼쳐진 시 원고에 감응하듯이 심수봉의 노래 '백만 송이 장미'가 흐른다. '먼 옛날 어느 별에서 내가 세상에 나올 때, 사랑을 주고 오라는 작은 음성 하나 들었지. 사랑을 할 때만 피는 꽃 백만 송이 피워오라는, 진실한 사랑을 할 때만 피어나는 사랑의 장미.' 애절한 목소리는 애달픈 전설의 서사를 만들어 듣는 이의 가슴에 파문을 일으켜 이윽고 원고디미에 사무친나. 어느덧 너의 이미지는 백만 송이 꽃을 피우고서야 그립고 아름다운 내 별나라에 갈 수 있다는 장미와 겹친다. 아, 백만 송이 장미가 그리움의 융단이 되는 역사가 찰나에 벌어지다니!

옛날 옛날에.
네가 어렸을 때, 텔레비전도 없고 더욱이나 스마트폰도 없었을 때, 밤은 일찍 찾아와 바람이 문풍지를 때리고 부엉이는 울고 흔들리는 호롱불마저 스산하게 느껴질 때, 곶감 하나 들고서 할머니 무릎을 베고 누우면 약속이나 한 것처럼 들려오던 옛날 옛날에.

그 두 어절로 너는 벌써 현재에서 시공간을 훌쩍 뛰어넘어 환상의 이야기 속으로 들어가 호랑이를 만나고 도깨비를 만나고 장화와 홍련이와 콩쥐와 팥쥐를 만나 가슴을 조이고 눈물 그렁그렁하여 애를 태우다 이윽고 네가 바라는 결말에 안심하고 현실로 돌아올 틈도 없이 잠에 빠져들어 꿈으로 다시 한 번 환상을 되새겼을지도 모른다.

이렇게 한순간에 몰입을 하게 만드는 정체는 무엇일까. 세상이 아무리 풍요로워도 인간의 영혼은 배고픔을 느끼는 존재라고 어느 시인은 말했으니. 여기서 나는 너를 이해했다. 겉만 보고서 네 영혼의 배고픔을 간과했던 나의 무딤을 용서하시라.

옛날 옛날에.

할머니는 오랜 세월의 경험으로 인간의 영혼이 배고픔을 느끼는 존재라는 현학적인 말을 할 줄은 몰라도 손주의 정신적 갈증을 미리 알고 '옛날 옛날에'로 시작되는 환상의 세계를 만들어냈던 것이다. 이렇게 손주에게 환상으로 몰입하게 만든 할머니처럼, 영혼의 배고픔을 느끼는 존재들에게 누구보다 더 배고픔을 느끼는 시인은 정신적 자유라는 식탁을 차리는 존재가 아닐까.

아무것도 생각하지 않으렵니다/ 가식 없는 내 영혼의 몸짓에 그저 따르렵니다/ 그것이 정석이라 여기며/ 정말 내 영혼을 살찌우는 것이라 믿으렵니다/ 내 영혼 그렇게 맡겨 두고/ 하질 없는 이 몸은 방관자로 남겠습니다// 내 영혼의 주인인 당신/ 당신 뜻대로 하옵소서…(「내 영혼을 취하소서」 4~5연)

영혼의 배고픔을 느끼는 존재의 식탁에 온 영혼까지 올려 놓은 시인이 너다. 할머니의 무릎을 베고 누워 들었던 존재에서 어느 덧 할머니의 존재로 훌쩍 커버린 너다. 물질주의가 만연한 이 세상에 상대적으로 왜소해진 영혼의 갈급함을 감지하고 인간 본연의 감성과 사랑을 회복하여 리비도가 충만한 세상으로 만들고 싶은 너다. 쉽사리 다가서지 못하고 주변을 맴돌며 머뭇거리고 서성이다 마침내 시의 제단에 영혼을 바치려는 너다.

낙엽 구르는 소리 하나에도/ 의미를 부여하고 싶을 만큼/ 아름다운 사랑 하나/ 내 가슴에 품고 싶다// 굳이/ 느낌표를 괄호 안에/ 가둬두지 않아도/ 그가 알 수 있도록/ 내 대답엔 마침표를 찍지 않으리// 한 사람의 물음에 끄덕끄덕/ 긍정의 몸짓을 보일 수 있는/ 여유로움/ 난 그에게/ 그런 쉼표이고 싶다(「새알처럼 품고 싶은 사랑 하나」전문)

너는 사소한 존재에게도 의미를 부여하고 거기에 더하여 사랑 하나 품고 싶은 시인이다. 거창하지도 않고 떠들썩하게 하지 않아도 너의 간절함을 전할 줄 아는, 쉼표의 여유를 알고 결코 비정하게 마침표를 찍지 않는 시인이다. 나는 굳이 현실의 언어가 아닌 추상이 구체화 된 이 거대한 원고더미 속에서 시인의 언어를 좇지는 않으리. 다만 너의 포에지에 근접하려 모든 촉수를 동원해 행간을 더듬거릴 뿐.

그런 시인은 과연 누구인가. 절실한 내면의 갈망에 의해 하지 말라는 것을 하고 싶어 하고 가지 말라는 길을 굳이 가려하는, 금기에 못 견뎌하고 끝내 그 금기를 건드리고자 하는 존재라면 나의 무리한 정의일까. 의식적이든 무의식적이든 일상적인 삶의 모순이나 부조리를 금기로 받아들이고(설령 질감이 좋은 행복을 누리고 있을지라도) 보다 바람직한 세계를 열망하는, 희·노·애·락·오의 세계를 일반적인 느낌이 아닌 자신만의 절실한 감정으로 토해놓는 사람들이라면 말이다. 선악과를 따먹기 전의 하와의 심정을 가진, 발설하면 죽을 지를 빤히 알기에 속으로만 끙끙 앓다가 결국 병이 들어 대나무 숲에 가서 속 시원히 '임금님 귀는 당나귀 귀' 라고 외쳤던 장인의 심정을 가진, '쓰지 않으면 못 배길, 쓰지 않고는 죽어도 못 배길(릴케)' 심성을 가진 자만이 시를 영접하는 영매가 되고 샤먼, 즉 시인이 될 수 있는 것은 아닐까. 일반인에게 금기는 계율이 되지만 시인에게 금기는 열망의 선악과이니.

그런 너는 누구인가.

절집 마당 귀퉁이에서나 있음직한 상사화 한 포기를 보고도 '네 창가/ 찬 이슬로 머물다/ 너를 만날 순간이면/ 이렇게 매번/ 또르르/ 눈물처럼 구르니(「상사화」 2연)' 처럼 일상으로 만나는 '해와 달'에 이입하여 '너와 나'의 숙명적인 그리움을 끊임없이 만들어내는 너는 누구? 진달래꽃 대신에, 꿈 대신에, 그리움의 융단을 펼쳐놓을 줄 아는 너는 도대체 누구?

하여 뜬금없는 숙제를 안긴 너의 비밀을 풀기 위해 네 생의 흔적이 고스란히 저장되어 있는 곳간, '생각이 쌓이는 곳'을 헤집었다. 일상인의 삶과 시인의 삶이 뚜렷이 구별되는 건 아니나 너는 일상인의 삶에 더해 또 다른 꿈을 항상 순례(도자기, 서예)하고 있었으니 이것이야말로 금기를 건드리지 않고는 배겨나지 못했던 하와와 장인의 심정이 아니고 무엇이랴. 그 심정이 추구하는 것은 물론 자유였고, 정신적인 자유의 산물이 바로 도자기와 서예 같은 간이역이고, 또 다른 간이역이 될지 종착역이 될지 알 수 없는 시 아니겠는가.

비바람이 분다/ 천근같은 몸 눕혀 놓았어도/ 마음 열어두고 무릎 꺾어 세우면/ 날개 없는 영혼/ 곧 어디든 날아갈 기세인데/ 내 몸의 주인이 누구인지 모른 탓에/ 그저 빗소리 따라/ 입에서 나오는 대로 그 이름 읊을 밖에(「눈물비」 3연)

비가 내리든 눈물이 흐르든 곧장 거기에 젖어들 수밖에 없는 숙명을 짊어진 영매로서 풍경은 네가 되고 너는 풍경이 되어(몸의 주인이 내 것인지 네 것인지, 조어가 분명한 눈물비도 눈물인지 빗물인지) 어느덧 식탁에 받쳐진 날개를 상실한 영혼마저 풍경이 되고 마는 서정의 그로테스크는 네가 의도한 것인가, 영매의 산물인가. 화자의 '우산을 받쳐 들어도 어

깨는 젖고/ 우의를 걸쳐 입어도 비에 젖는 것은/ 썩지도 타지
도 않을/ 몹쓸 이내 마음' 뿐만 아니라 시를 읽는 이의 가슴도
먹먹해진다.

　당신이 머무는 지금의 그 자리가/ 내겐 범접 못할 금기의 땅/ 그러나
언젠가는/ 따뜻한 내 마음의 고향이/ 될 수 있으리라 믿고 싶습니다(「낮
달」 1연)

　비가 오면 바람이 울 듯이/ 해 맑은 날엔/ 당신의 머리 위/ 낮달로 슬
피 우는/ 날/ 한번쯤 올려다 본 적 있는지(「낮달」 3연)

　그리움의 강물을 헤쳐 가도 가도 닿는 건 그리움의 언덕,
그리기에 금기의 땅일까. 그렇지만 금기를 건드리고서야 자
유를 획득하는 너는 그 금기의 땅도 따뜻한 마음의 고향이 될
수 있으리라 믿는다. 갈급한 영혼에게 온전한 영혼을 통째 내
주듯이 그리움으로 저며 낸 낮달의 헛헛함을 다시 또 그리움
으로 다시 채워나가는, 〈내 대답엔 마침표를 찍지 않으리〉의
시편들에서 나타난 그리움의 사냥꾼이란 이미지가 고독한 시
지프스를 연상하게 하는 건 나만의 비약일까.

　신들의 일에 간섭한 죄로 '하늘이 없는 공간, 측량할 길이
없는 시간' 과 싸우면서 영원히 바위를 밀어 올려야만 했던,
다시 굴러 떨어질 것을 빤히 알면서도 산 위로 바위를 올려야
하는 영겁의 형벌을 받는 시지프스. 두려운 건 끝을 알 수 없
고 변화가 있을 리 없는 부조리, 의미를 찾을 길 없는 반복뿐
이었다. 그러나 시지프스는 그 형벌을 두려워하지 않고 참고
견디며 오히려 그 형벌을 비웃고, 운명을 겪는 것이 아닌 선

택해서 치른다는 능동적인 자세로 행함으로써 자기에게 형벌을 내린 신들조차 미처 경험해보지 못한 어떤 기쁨을 맛보는데.

온몸이 꽈배기처럼 꼬일 쯤이면/ 미친 영혼도 하늘을 날고 있다
(「몽사」 3연)

그리움의 사냥에 지치면 그리움으로 보상 받는 아이러니를 경험하는 너. 포에지를 좇는 나는 행간의 이미지를 발설하기가 쉽지 않으니. 슬그머니 지어지는 웃음에 그리움도 짓궂다는 표현이 적당할까. 시는 앎의 형상화가 아닌 느낌의 형상화이다. '미친'은 네 의지가 아닌 그리움을 좇았던 무의식의 소산.

밀어올리고 떨어지고, 또 밀어올리고 또 떨어지고… 까뮈는 이러한 시지프스의 신화에서 인간의 끝을 알 수 없는, 변화가 없고 반복만 되풀이되는 하찮은 삶에서 전형적인 부조리를 발견하고 그에 대한 답으로 '자살'과 '초월적 존재에의 회귀'와 '반항'을 제시한다. 그러나 자살은 비겁한 도피행위로 '나'와 '세계'와의 대립에서 나를 말살하는 것이며 세계와의 대립을 포기하는 것이라 하고, 초월적 존재에의 회귀는 부조리한 운명 자체를 자각하려하지 않고 회피하는 짓이라 하여 진정한 답이라 볼 수 없다며, 부조리한 세계에 과감히 맞서 반항의 형태로 그대로 인식하긴 하되 타협하지 않으며 '깨인' 정신, 적극적이고 능동적으로 살라는 것이었다.

너도 '반항'을 택했으니 「몽사」의 기쁨은 당연한 보상이리라. 그리움이 밀려오면 그걸 이겨내기 위해 또 다른 그리움으

로 밀고 나아가고, 그리움을 그리움으로 사냥한다. 그 그리움을 메타그리움으로 불러도 될지. 그렇다고 그리움에 길들여졌다는 건 아니다. '진리는 평범한 시각, 말하자면 습관적 행위에 의해서는 발견되지 않는다'는 김소월의 시론을 네가 봤는지는 모르지만 그리움에도 진리가 있다면 이런 것이 아닐까.

피 토할 아픔/ 생살을 찢는 고통이/ 어찌 이별의 아픔보다 더 할까마는/ 이제 새로 시작하는 연인들에게도/ 햇살 같은 웃음으로 말해줄 수 있을 것 같습니다// 사랑이란/ 시작도 끝도/ 죽을 만큼의 열병을 앓고 나야/ 비로소 완성되는 것이라고(「도망자」 5~6연)

그리움에서 해탈한다면 햇살 같은 웃음으로 말해줄 수 있는 여유가, 즐거움이, 사랑의 잠언까지도 생겨나는가. 인간이 끊임없이 추구하는 건 아름다운 사랑, 그리움, 그리고 이상이지만 언제나 잡히는 건 고작 배신이니, 질투니, 성격차이니, 자격지심이니, 이별이니 하는 더러운 현실에 지나지 않음을 직시하고 그걸 넘어서서 마음을 비운 관념의 도망자가 되어야만 사랑이 완성되는 역설.

관념이란 무엇인가. 견해나 심상이며 주관적인 느낌이기에 형상과 대립한다. 도망자는 도피가 아닌 치열한 고민의 산물로 풍유이지만 상투적이지 않으며 오히려 생경하다.

불로 사는 한 남자가 있다(「내게 시란」 1연 1행)

<내 대답엔 마침표를 찍지 않으리>라 이름 한 수십 편의 시들을 읽으며 그리움의 융단을 밟고 갈(혹은 밟고 올) 대상이 궁금하긴 하지만 속으로 간절히 바랐던 건 대상을 밝히지 말라는 거였다. 그 내밀함을 짐작하게 하고 혼자서만 즐기기를 원했기에. 당신이라 부르는 동반자, '큰 아픔 없이/ 살아온 내 인생에/ 나란히 평행선을 그어 준 당신' (「당신」 1연) 이야 당연한 예의이고 현실임을 어찌 부정하랴. 그러나 너는 시인이다. 너를 시인이라 부르는 건 적어도 쓰지 않고는 못 배길 심성과 부르지 않고는 배겨나지 못할 목소리를 지녔을 거라 믿기 때문이다. 한발 더 나아가 '노래하지 않을 수 없어 노래하는 시인은 없다. 위대한 시인은 그렇게 하지 않는다. 위대한 시인은 자기가 노래하고자 해서 노래한다' 고 말한 오스카 와일드의 의지를 닮아야 한다.

그리움의 대상은 역시 쉽게 형상화 되지 않는 불로 사는 한 남자다. 아니 그가 바로 시라고 고백한다. 어찌 시가 그리 쉽게 형상화가 되겠는가. 나의 조바심은 괜한 기우였으니.

어차피 시를 붙든다는 것은 어느 정도 자신을 내보일 수밖에 없는 속성을 지녔기에 니는 내가 떠올린 생각들을 너 자신조차 눈치 채지 못하도록 해야 한다는 모순의 강박관념을 이해하느니(이 애매모호를 이해하시압). 표현된 것들의 한계가 거기에 있다. 그러나 허구나 과장이 어떤 진실을 각인시키기에 존재할 필요를 느끼는 경우도 있다. 평범하기만 한 일상의 삶(큰 아픔 없이 살아온 내 인생)이 어찌 소중하지 않으랴. 그 평범함이 결코 닿기 쉽지 않은 현모양처, 모두가 그리는 최고의 미덕일 수 있으니. 그러한 삶에서 불로 사는 한 남자, 시를 감당하는, '맞불이라도 질러버리고 싶은 충동에/ 각시방에 불을 당겨오는 가련한 여인'이 되고 '화형당하는 한 마리 불나방'이 되려 한다. 그게 오스카 와일드가 천명한 의지가 아니고 무엇이랴. 그 의지는 단호하기만.

언제나 뽀송한 봄날이/ 내게 다시 올지// 언제 다시 당신의 정원에/ 한 포기/ 유츠프라카치아로 피어날지// 그대 손길이 멈춰 선/ 지루한 오후// 올올이 꽃술을 헤집는/ 애벌레의 장난에/ 마냥/ 헤픈 웃음/ 흘려야 할 삶이라면/ 난 차라리/ 마른번개에 목을 맬 테요(「당신의 여자는」전문)

우리가 숱하게 보는 식물과 달리 사람의 영혼을 가지고 있다는 유츠프라카치아, 자체가 시인의 심성을 닮은 식물이 아니던가. 누군가 건드리면 금방 시들어 죽어버린다는, 그러나 한번 만진 사람이 계속해서 애정을 가지고 만져줘야만 살아난다는, 비장하게 불러야 제 맛을 내는 가요, 일편단심 민들레와 같은. 너의 근원을 알 수 없는, 그렇다고 고단하지도 않는 애달픔과 그리움은 어디에서 기인했을까.
　시인은 바라다보는 자이다. 그러나 바라다보는 것만으로는 불완전하다. 그것이 감추고 있는 진실을 알아야만 한다. 그리고 그 진실을 말해주는 사람이 시인이다. 그런데 진실을 알기가 쉽지 않다. 여기서 나르시스와 같은 이입이 성립된다. 너는 유츠프라카치아를 본다. 유츠프라카치아는 바로 너다. 결국 너는 너를 보는 것이다. 불로 사는 한 남자는 어느덧 유츠프라카치아로 서있다. 본질은 울림이 크다. 네 몽상의 야심은 그래서 더 크다. '몽상이 우리에게 한 넋의 세계를 보여준다는 것, 시적 이미지가 자기 세계, 자기가 살고자 하는 세계, 자기가 살 만한 세계를 발견해 낸 한 넋을 증언' 한다는 바슐라르의 말을 빌리지 않더라도 너의 세계는 유츠프라카치아이고, 애벌레의 장난에 헤픈 웃음이나 흘려야할 삶이라면 마른 번개에 목을 맬, 결벽 같은 너이자, 시다.

오늘 난/ 그대의 모습을/ 내 앵글 안에 끌어다 넣고/ 꽁꽁 가둬 두었습니다/ 아무리 몸부림 쳐도/ 결코/ 그대를 다른 이에게/ 내어주지는 않을 겁니다// 곱게 물든 가을 단풍이/ 아무리 곱기로/ 어디 그대와 내가 나눈/ 사랑만 하겠습니까// 새는/ 제 이름을 부르며 운다지요/ 저는 매일/ 당신의 이름을 부르며 웁니다/ 그대 내게로 와/ 내 이름을 불러줄/ 그날까지(「그대 내게로 와」전문)

너는 어렵지 않다. 현대시가 난해한 것은 그 시가 함축하고 있는 의미가 복잡하고 치밀해서도 아니고 언어가 낯설거나 생소해서도 아니다. 시어 하나하나는 일상어와 다름없으나 그 쓰임새가 비약적이고 비논리적이고 비정상적이기 때문이며 언어를 뒤틀어 '언어 아닌 언어'를 시도 하는 데 있다. 언어의 일차적이고 근본적인 기능은 사물과 사건과 개념 등을 상대에게 전달하는데 있다. 이것이 산문에서 언어의 순수한 기능이라면 시에서는 전달하는데 그치지 않고 다른 목적을 수행하기 위한 방편, 언어로써 언어가 가지고 있는 제약에서의 탈출을 도모한다. 엘리어트의 '시는 언제나 끊임없는 모험 앞에 서 있다'는 말을 음미하라. 너는 결코 어렵지 않으나 욕망은 어렵다.

시인은 욕망은 여러 가지로 나타난다. 불가능한 꿈을 꾸는 존재로서. 너는 '그대'가 '시' 든지 '불로 사는 한 남자' 든지, 앵글 안에 꽁꽁 가둬놓았다고 실토한다. 이름은 어떤 의미를 가짐으로써 이름일 수 있다. 새의 언어에 그 새의 정체성(이름)이 깃들어 있듯이 시인의 언어에는 그 시인의 정체성이 깃든다. 네가 부르는 이름은 내 이름을 불러 줄 이의 이름이다. 언어의 속성을 들여다보면 외연적 의미와 내포적인 의미로 구별되는데, 그 내포적 의미인 본질을 부르고 싶은 것이다. 유츠프라카치아에 다가서는 단 하나의 손길과 같은 순정의 이름. 네가 불러 주었을 때만이 본질을 획득하여 존재하는, 존재하는 그가 불러주었을 때 '나' 도 존재의 의미가 있는. 내가 누구인지 말해줄 수 있는 자 누구인가, 했을 때 그 누구가 자신 밖에 없다는 걸 알면서도 너는 당신을 부르고 내 이름을 불러주기를 소망한다. 그 주체가 시이고 시인인 너라면 너무 억지일까.

사랑보다 붉은 꽃이/ 또 어디 있으랴/ 제 살을 녹여/ 까만 밤을 하얗게 태웠던/ 어느 궁녀의 애환처럼// 단 한 번의 총애로/ 해바라기 해야 했던 청춘// 그림자조차 범접 못 할/ 구중궁궐 담벼락을/ 눈으로 눈으로만 기어오르다/ 새들하게 말라죽은 자리/ 화향을 독으로 품고/ 넝쿨꽃으로 피었다네// 태양을 품지 못한 한/ 전설로 이어지다/ 그 꽃을 탐

하는 자/ 모두 눈멀게 하였으니(「능소화」전문)

구중궁궐의 꽃이라는 능소화. 면면히 흐르는 결벽의 그리움은 전설의 능소화로 나타난다. 네가 능소화를 바라보았을 때 이미 너는 시공간을 뛰어넘어 네가 기억하는 전설 속으로 들어가 소화의 심사를 헤아리다 소화 그 자체가 되었으리. 시인은 할머니의 옛날이야기를 되풀이하는 존재가 아니다. 전설의 이미지를 전통의 미덕인 도덕적 순결성으로 오늘에 되살려 놓는 것이다. 기억을 구부리지도 않고 완벽한 서사로 이루어진 능소화의 전설은 그리움의 융단에 펼쳐진 한 단면일 뿐. 하여 네가 닿는 곳은 충분히 예상할 수 있는 '사랑합니다' 였다.

사랑합니다/ 가슴이 다 녹아내리도록/ 내 살점 다 저며 내도/ 아깝지 않을 만큼/ 당신을 사랑합니다// 내 몸에 붉은 빛 다 가둬/ 당신의 영혼 담가 두렵니다/ 내 눈물 모다 부어/ 당신의 이름 적셔두렵니다/ 어느 날 봇물처럼 넘쳐/ 천 갈래 길 트이면/ 그냥 두 눈 감고 따라 나서렵니다// 그대 신발 끈에 묶인/ 친년 인고의 세월도/ 그대가 풀어내지 못한/ 악연의 매듭들도/ 내가 다 풀어 놓겠습니다/ 다시 천년을/ 귀와 입/ 달고 살아야한다 해도/ 당신을 탓하거나 원망하지 않겠습니다/ 긴 터덕임이 지루할지라도(「사랑합니다」전문)

백만 송이 꽃을 피울 때까지, 그리움의 융단을 한 올 한 올 다 짤 때까지, 그 인고의 세월도, 악연의 매듭들도, 긴 터덕거

림도, 다시 천년을 귀머거리가 되고 벙어리가 되어 살아야한 다 해도 견디겠다는 화자의 옹골찬 다짐이 부디 너의 다짐이 아니기를. 왜, 무서우니까. 그러나 그런 다짐이 시든지, 불로 사는 한 남자든지, 그립고 아름다운 내 별나라든지 닿기를 바라는 마음은 간절하다.

이 시집에 실린 작품 중 1,2,3부는 그래서 윤곽이나마 살펴보았다. 4부의 일상을 스케치한 것들과 5부의 추모의 감정들은 건드리지도 못했다. 아니 너의 욕망에 '개헤엄'이나 치는 주제이니 지쳤다고 표현하련다. 무능을 드러내긴 싫으므로.

너의 가락은 자연스럽다. 그래서 장식이 많은 걸 탓할 수 없다. 리듬을 살리려는 불가피한 선택이었을 것이기에. 다만 억지 같은 시어들이 강 가운데 있는 물의 흐름을 방해하는 돌멩이처럼 눈에 거슬렸다. 시인이 포착해내는 위대한 시정이 언어로 표현하는데 분명히 한계가 있지만 돌멩이는 강물 밖으로 끄집어내는 지혜가 필요하다. 천의무봉(天衣無縫)의 작품은 없다, 그것은 신의 경지. 시인은 신의 목소리를 들려주는 샤먼이자 신의 경지에 이르기 위해 끊임없이 나아가는 존재다. 너를 시인이라 부르는 건 그렇게 나아가는 존재이기 때문이다. 너의 정직한 생활인의 삶은 그래서 은유다.

이은자 시집

내 대답엔 마침표를 찍지 않으리

발행처 · 도서출판 **책마루**

발행인 · 박영봉
편집고문 · 김가배
편집 · 김성배 | 박혜숙

등록 · 2009년 1월 2일 제389-2009-000001호

2013년 12월 15일 초판 1쇄 발행
공급처 · 가나북스(☎031-408-8811)

주소 422-240 경기도 부천시 소사구 심곡본동 539-9 (3층)
대표전화 070-8774-3777
010-2211-8361
팩스 032-652-7550

http://cafe.daum.net/chaekmaru
E-mail · seepos@hanmail.net
ISBN · 978-89-97515-10-3 (03800)

「이 도서의 국립중앙도서관 출판시도서목록(CIP)은 서지정보유통지
원시스템 홈페이지(http://seoji.nl.go.kr)와 국가자료공동목록시스템
(http://www.nl.go.kr/kolisnet)에서 이용하실 수 있습니다.(CIP제어
번호: CIP2013025299)」